九月

長谷川櫂 句集

青磁社

九月＊目次

Ⅰ 5
Ⅱ 39
Ⅲ 73
Ⅳ 107
Ⅴ 143
Ⅵ 171
Ⅶ 199
あとがき 226
季語索引 229

句集
九月

I

初春や天の岩戸の岩おこし

蓬萊や子松孫松曾孫松

心はや花の吉野に寝正月

福笹をこぼさじと抱く女かな

婚約の二人はやさん花びら餅
幸せになれよと一つ花びら餅

愚かなる戦ありけり花びら餅

諏訪湖、御神渡《おみわたり》

闇美はし妻美はしと御神渡る

逆茂木《さかもぎ》の氷の道を御神渡る

白山といふ一塊の春の雪

国原をいま白山の春の水

那谷寺《なたでら》

石山の石鳴りひびく雪の水

酒そそぎ墓薫らせん實の忌

その顔のいよいよおぼろ實の忌

花冷のひとすぢとほる茶杓かな

鈴木大拙記念館

いつかまた昼寝をしたき柳かな

石は立ち水は寝そべる柳かな

青みつつ夢をみてゐる柳かな

西田幾多郎「水に浮く胡蘆子《ころす》の如くあらんとす」は哲学。胡蘆子は瓢簞《ひょうたん》。
さて俳句は

花に浮く胡蘆子の如くあらんとす

はるかより川流れきて水温む

しぶきつつ春の渦潮走るなり

花びらや選者を埋むる八千句

わが上に空ひるがへる五月かな

ヴァレリーは白き牡丹の花ならむ

花であることに飽いたる牡丹かな

人を喰ふ虎の谷《ダージリン》より新茶かな

三角に力ありけり水無月餅

太陽の矢の刺さりゐるトマトかな

炎天の水砑して大井川

涼しさの流れつぐなり大井川

明石より

焼穴子燻《くすぶ》りながら届きけり

この寺の名物にせよ蟻地獄

さる人の病魔退散祈願

阿弥陀仏追ひ返さんと団扇かな

仏に会はば仏を殺す団扇かな

花びらのかるさと思ふ団扇かな

いま覚めし夢のなごりの団扇かな

山きえて山あらはるる団扇かな

軽井沢、白糸の瀧

千すぢの水を簾にして涼し

爽やかに太陽もるる大樹かな

回想の夏は木もれ日ばかりかな

離山

飛びめぐる揚羽は夏の嵐かな

鋼鉄の音立てて飛ぶ揚羽かな

雲の峰わが若き日の旅つづく

秋立つや藍におぼるる浅間山

空深く秋は眼をひらきけり

白桃にしんと真昼の山河あり

白桃やここに一睡許されよ

白桃の金を含める白さかな

白桃は月の光の果実かな

触れあうて真赤に燃ゆる桃二つ

ロココの桃バロックの葡萄つゆけしや

マン・レイ

空色の木箱に桃と浮雲と

歌ひつつ霧は流れよ霧の中

軽井沢彫

椅子に彫る桜の花も秋深く

家一つ山深み秋深みかも

正倉院展

聖君のおもかげ氷る鏡かな

聖君のうたた寝したる屏風かな

秋白き櫛は后へ贈り物

風のみか象牙の櫛に色もなし
凩の奏でし琴のかけらかな

居並びて我を待つらん亥の子餅

やや丸き方がお尻か亥の子餅

八代亜紀、東京ブルーノート

魂を燻《くゆ》らせ歌ふ霜夜かな

深々と年を越しゆく思ひあり

II

花びら餅花びらのごと言葉あれ

初夢やまさか赤子の笑ひ声

唇の一つありたる海鼠かな

人間になりかけてゐる海鼠かな

宇宙より落ちきてしんと寒卵

着ぶくれて夢買ふ人のごとくなり

やはらかな草餅といふ大宇宙

大鯉の泳ぎまはりて水ぬるむ

結婚する娘へ

咲きみちて真白き花の一樹あり

衣ずれは花びらさやぐ音ならん

しづかさや春の真昼のシャンデリア

花の蜜嘴につけ目白飛ぶ

台北の黄霊芝先生、二〇一六年三月十二日逝去。八十七歳。

麗らかに霊芝先生羽化登仙

このたびはお供もできず花の杖

大根も桜にならひ花吹雪

法隆寺

花びらに乗り空を舞ふ仏たち

永き日や花びらの上に結跏趺坐

花守やこの世焦土と思へども

春愁は鯨の立てし波ならん

江ノ島

春風とたたかふ白きヨットあり

行く春や海暮るるまで人と馬

ランボオの太陽揺れてゐる夏よ

火の薔薇の萼の剣立ち並ぶ

惜しみなく薔薇は体を開きけり

ひらきつつ花に溺れてゆく薔薇よ
ひらきつつ薔薇は心を隠しけり

咲きつて薔薇は光に隠れけり

しんかんと薔薇はひらきて草の中

白薔薇にまた巡りくる夕べかな
真白な羽をたたみて薔薇眠る

リオデジャネイロ五輪

逆さまの南半球雲の峰

明け急ぐテレビの中を水しぶき

栄冠へ掻きつぐ水の翼かな

美女であることを楽しみサングラス

はるかまで秋かがやきて太平洋
生きながら墨絵のごとく鱸かな

馥郁と墨をふくめる鱸かな

立石寺

山寺を呑み尽くさんと茂りけり

山寺の空より瀧を落さばや

一塊の黴の栖《すみか》の木乃伊《みいら》かな

木乃伊らも虫干にせよ山の寺

涼しさや水でもてなす山のそば

花みごと桜紅葉のまたみごと
しづかなる桜のいのち紅葉せり

象《きさ》潟《かた》

合歓の夢さめたれば花落ちにけり
まぼろしの瀧を尋ねん雲の奥

秋風は翼ひろげて滑空す
鳥海の水湧くごとく花すすき

追憶の道うすれゆく花野かな

夜といふ翼やすらふ花野かな

鳥海山うしろは月の奈落かな

一夜明け鳥海山は紅葉変

朱や赤や緋や紅や唐辛子

「幻のちまたに離別の泪をそゝぐ」（『おくのほそ道』）

東京は幻の街冬ごもり

ある女鴛鴦《おし》の流るるごとくにも
論戦の余燼コートに包みゆく

須賀川、松明《たいまつ》あかし

来てもみよ焦がれてもみよ松明《まつあか》し

花巻の人へ

銀どろの枯葉の国に詩や眠る

明るみてまた暗み降るしぐれかな

幻のしぐれを追うてゆくごとく

しづかさに音聞き山も眠りけり
夢のまま夢の眠れる懐炉かな

Ⅲ

恐るべき神の双六世界地図

国建てんとにはあらねど粥柱

からからと寒の日和の氷餅かな

けだものの貌の鰯を挿しにけり

テロ、そして空爆

凄まじや鬼が鬼打つ鬼やらひ

君は英雄か

節分や鬼を殺めし桃太郎

春立つや早く出てこい赤ん坊

香ばしく焼いて爆《はじ》けし目刺かな

行く道の冴え返るとも氷るとも
人類に今宵は欲しき春炉かな

紅梅やお菓子のやうな卵焼

大岡信、二〇一七年四月五日永眠。九日、吉野にありて

花見舟空に浮べん吉野かな

花籠は大空に揺れ花吹雪
はくれんは哀しみの花みな揺るる

はくれんの花の揺るるは夢ならず
はくれんの花はみなわが娘かな

花はみな歓びの器蜂もぐる

花と花吸ひあふごとく蟇《ひき》交む

モンローの生まれ変はりの子猫かな

色深きかほをしてゐる子猫かな

春眠の穴より出でてもの食ふも
へうたんの中へ帰らん春の暮

大岡信その人のなき夏が来る

衣更へて真白の花のごとく坐す

わが家いま深閑たるや水羊羹

磐越西線

駅の名を呼べば涼しや郡山

万緑の奥へ奥へと万華鏡

万緑や風に大揺れ白き花

水の上に人降り立ちて田植かな

降り立ちて真青の空に田植かな

降り立ちて磐梯山も田植かな

滴々と水より水の滴れり

滴りや一滴きえてまた一滴

人間は水よりなれる浴衣かな

としへの命ならねど土用餅

くれなゐの口開きたる炎暑かな

山の上に山現るる大暑かな

炎天の炎の奥に富士はあり

炎天の花を揺らして猿遊ぶ

火だるまの馬落ちてくる昼寝覚

網棚にきのふの夏を忘れけり

甲子園

投手立つ輝く夏の真中に

マウンドの君に炎天しづかなれ

夏かがやく君たち戦へは征くな

いさかへる神は穢れよ原爆忌

生きながら仏の餌食生身魂

夕顔を花笠にせん風の盆

台風の跡さながらにわが家あり

松茸の大往生や土瓶蒸

神々も相撲とるらん日本晴

望月のやうな横綱出でよかし
俳句いつか月の光の鶴となれ

こほろぎや言葉の墓の広辞苑

戦場の我らの星へ返り花

俳句弾圧事件

夜の木に四十五羽の黒鶫《くろつぐみ》

弾圧者みな顔のなき寒さかな

寒々と一億人の弾圧者

うつ伏して何の嘆きの枯葉かな

あふむけて何の怒りの枯葉かな

明日あるとたのむも愚か除夜の鐘

除夜の鐘悲しみの声かるるまで
愚かなる一人のための除夜の鐘

Ⅳ

初空やここも未来の爆心地

国荒れて神さすらへり初山河

南スーダン

殺すなかれ殺さるるなかれ薺打つ

人類の罪ことごとくどんど焚

どんど焚ほがらほがらと燃え尽きぬ

花びらの力ほどけよ花びら餅

重力波観測

一輪の梅ほころびる音ならん

小千谷

雪の田の解けては氷る日和かな

大簗を轟かせゐる雪解かな

横たへて雪代岩魚大茜

揺らしては水の朧を漉きゐたり

福島

何もかも奪はれてゐる桜かな

まつしろな春のかたまり兎の子

鬼の目のころがつてゐる椿かな

もう一度妻に恋せん桜餅

若き日の二人つきりの花筵《むしろ》

いつかまた二人つきりの花筵

桜餅ほほゑんでゐる紙の上

佐保姫と朝寝するとは知らざらん
人類の肌ひやひやと朝寝かな

へうたんにならんと思ふ朝寝かな

死神が春眠の顔のぞきこむ

陽炎と闘ふごとき一生とや

薫風やヨットを部屋に吹き入れよ

貝がらの一個の夏の美しく
一夏で少年となる眩しさよ

夏の鹿音楽のごと跳びゆくも

祇園祭

町ぢゆうを鉾曳き廻す遊びせん

千年の夢よりさめて鉾動く

須佐之男の乗つて軋ます長刀鉾

鉾囃子ひとりしづかにきくもよし
声かれて何を嘆くか鉾の鉦

たらたらと曳きゆく鉾の祭かな

昼寝して人間といふ大自然

龍となることもなからん昼寝かな

草色の昼寝より覚め人歩む

真白の花の中から昼寝覚

鬱々と空に茂るや吊忍

大空の浮島となれ吊忍

天人のけふも来たらず吊忍

涼しさの刃でなぶる鰻かな

長良川菓子さへ鮎の姿かな

わが旅のこれより先は大夕焼
故郷といふ幻想へ帰省かな

木もれ日のみな房となる葡萄かな

切りてより葡萄に重み生まれけり

柿一個炎となりて熟しけり

熟したる柿の炎の冷やかな

長良川月より流れくるごとく
十日月なれども月のはなやかに

君たちとこれより満ちてゆく月を
望月を姿煮にせんけふの膳

月の斑のあらはれて鮎落ちにけり
鮎落つる道しるべせよ秋の月

薔薇いろに君を染めたき新酒かな

荒涼となるほかはなし秋の酒

長き夜の本の中より帰りけり

象潟

合歓の木の眠りはじめし落葉かな

眠りゐてどれが合歓やら冬木立

合歓の木の眠りの種子が莢の中

まぼろしの舟走らする枯野かな

舟一つ空を漕ぎゆく小春かな

次の世は二人でやらん鯛焼屋

へうたんが終の栖か冬ごもり

アラン島怒濤の奥に冬ごもり
深閑と年を迎ふるばかりなり

V

谷底の花舞ひ上がれ吉野建

座布団を立つてみにゆく桜かな

吉野建船のごとしや花吹雪

花吹雪海のごとしや吉野建

ひとひらの花のかるさの桜菓子
桜菓子うすれつつなほ花のいろ

白もまたうすれてあはれ桜菓子

吉野山喰らふがごとく桜餅

桜餅櫻花壇を惜しむべく
花びらをしるべに上る小鮎かな

口むすぶ少年のかほ桜鮎

身半分氷に埋めて天女魚《あまご》かな

身熟れて朱点々と天女魚かな

くつたりと花のぬめりの天女魚かな

蒟蒻で生捕りにせん花吹雪

饅頭に丸めてみたし花吹雪

山桜小枝削りて吉野雛
吉野雛桜の肌を残しけり

忘れじと誰が刻みしか吉野雛

描くも誰が面影か吉野雛

花吹雪如意輪寺まで一飛び
花の精しだれ桜に隠れけり

曼荼羅へ春光の矢の億万本

蔵王権現

花の闇仏なれども鬼のかほ

法螺貝の洞つやつやと桜かな

母の胸花の声きく赤子かな

母の胸赤子は花の莟かな

花に酌む鬼一匹やむかう向き

へうたんの中は荒海花の酒

へうたんの口をあふるる桜かな

女喰らふ鬼はやさしき桜かな

花吹雪花の歓びたえだえに

山の湯の湯気にこもるや花の精
花みちて今宵の朧すごからむ

花みちてあたりまばゆき朧かな

全山の花を醸して朧かな

汝おぼろ我もおぼろや寝るとせん
はくれんの花照りわたる朝日かな

はくれんの花のたちまち五衰かな

はくれんや花朽ちながら花ざかり

櫻花壇ここにありきと桜かな

西行庵

忘却の花に埋もれて花の庵

たどりきて心の奥に花の庵
草庵の留守を守れるすみれかな

花の心ここにはあらず散りいそぐ

花吹雪一樹ちらしてまた一樹

一晩の山の奢りか花の塵

花すぎといふさざ波に立ちゐたり

春や行く山道に花降りつもれ
奥駈けの山のはるかへ花の道

VI

堅田

この月の月を近江の人々と

どこをどう行かうが月の浮御堂

湖をゆく月の光の仏たち

月光に溺れんばかり舟の人

魚《うお》清《せい》やとなりは月の浮御堂

ぬばたまの椀はなやかや秋の月

雲を出る月さながらや衣被

秋風やどうと真鯉を横倒し

鯉食うて望の月まつ女かな

黄金に焚いて小鮎も秋日和

月今宵ほろほろと煮よ子持鮎

瀬田

湖の齧《かぶ》りつきなりけふの月

月待つや湖こよひ鳴り瓢《ひさご》

湖の口こんこんと鳴る月夜かな

谷崎が嘆きし月のお寺かな

『陰翳礼讃』に石山寺の酷評あり

月仰ぐ俗の俗なるお寺かな

どら焼の名も石山の秋の月
雲中の月あかあかと栗饅頭

坂本、西教寺

鶴の間に鶴の遊べる月夜かな

襖より鶴歩み出よ月の庭

月光の凝《こご》れる白き鶴ならん

月光に真白き鶴のうづくまる

月光の羽さはさはと鶴歩む

かうかうと鶴鳴き交す月夜かな

比叡山延暦寺

望月は己が光の中にあり

信心の山高々と月の中

森々と心の奥へ月の道
谷の道遠くとも月暗くとも

月の谷真逆さまに径つづく

笠ならべ月の光の茸かな

月浴びの笠を目深に茸かな

月光の瀧に打たるる巨人あり

月孤独地球孤独や相照らす

信心の猿の供へし木の実かな

欲望の猿とならばや柿すする

女郎蜘蛛何を八つ裂き目が八つ

露の玉揺らぎて光こぼれけり

露一つ命ふるはせ露の中

堅田

望月のやや欠けたるを許されよ

いささかの憂ひはあれど望の月

浪乃音は堅田の酒

鳴り瓢鳴つていよいよ新酒かな

新走り灰色の脳茜さす

若きらの血潮となれや新走り
心また堅田に戻る夜寒かな

遠き夜の月の堅田を思ふのみ

月暗き堅田の路地を影法師

うちかぶる露の布団に雑魚寝かな

へりへりて堅田の鮴《ごり》も仕舞ひかな

空暮れよ湖暮れよ鳰《かいつぶり》

月更けよいつまで遊ぶ鳰

Ⅶ

きのふ来てけふ初花の唐津かな

名護屋城

城山の花吹き起こせ海の風

春空にまぼろしの城あるごとく
花一片まぼろしの城のぼりゆく

磊《らい》々《らい》と春が崩れてゐるところ

海かけて飛ぶどの島の花吹雪

陣中は能や茶の湯や花吹雪

花びらの縁《ふち》ゆるやかに茶碗かな

花びらや戦のまへの舞一さし
ぎしぎしと舟漕ぎまはる桜かな

淀君の帰るとすねし桜かな

さて朝鮮方は

初花や妻がひいきの光《カン》海《ヘ》君《グン》

玄海の花のはじめや桜鯛
桜鯛喉もとに立ち包丁す

桜鯛花びらにせん茶漬飯

呼子

桜烏賊氷のごとく活き造り

恨めしき花烏賊の目や活き造り

花烏賊の花の命を活き造り

虹の松原

松原の道かすかなり松露搔く

松原のむなしき砂に松露かな

行く春のわれも渚の鴉かな

春愁の白き怒濤の立ち上がる

打ち寄せて海の嘆きの桜貝
桜貝拾ひ尽くしてまた一つ

桜貝になりそこねたる女かな

よべ春の歩み去りたる渚かな

黒々と春を焚きたるよべのあと
打ち揚げて貝殻も木も春の骨

井戸茶碗唐津は秋の高きかな

黄金の茶室

秋晴や茶室をはこぶ沖の舟

玄海や波が波打つ秋の風
秋風の奥も秋風ばかりかな

松老いて煙のごとし秋の暮

一鬼去り一鬼来たれり秋の暮

井戸茶碗こよひは月の凄からん

松林を出で松林へ冬の人

凩となりてさすらふ渚かな

流木となり帰りきし冬の浜

鯨とる舟は西海絵巻かな

舟五艘遊ぶがごとく鯨とる

銛《もり》受けし鯨の波に鯨舟

銛受けし母を離れぬ鯨かな

殿山窯

打ち上げし鯨さながら登窯

窯はいま炎の蓮華山眠る

火の奥に茶碗の揺れて山眠る

井戸茶碗わが友にせん冬ごもり

凩の吹き枯らしたる茶碗かな

凩に花とひらきて茶碗かな

夢の世に一節氷る茶杓かな

枯れ枯れて大いなるかな井戸茶碗

あとがき

句集『九月』に収めたのはおもに二〇一五～一七年の句である。一六年四月の熊本地震はじめ震災の句は青磁社版『震災歌集　震災句集』（一七年三月）に収録した。

この春、『俳句の誕生』（筑摩書房）を本にした。『九月』と同じ時期に書いた俳句論である。お読みいただければ幸いである。

大谷弘至主宰誌「古志」、俳句総合雑誌「俳句」「俳壇」「俳句界」

のほか新聞・雑誌に発表の機会を与えていただいた。
『九月』の編集・出版は青磁社の永田淳社長にお願いした。写真集『Mont Sainte Victoire』の写真をお貸しいただいた鈴木理策氏、装幀の加藤恒彦氏に心よりお礼申し上げます。

二〇一八年立夏

長谷川　櫂

季語索引

あ行

秋【あき】（秋）
空深く秋は眼をひらきけり 29
秋白き櫛は后へ贈り物 35
はるかまで秋かがやきて太平洋 58
荒涼となるほかはなし秋の酒 136
秋風【あきかぜ】（秋）
秋風は翼ひろげて滑空す 64
秋風やどうと真鯉を横倒し 176
玄海や波が波打つ秋の風 216
秋風の奥も秋風ばかりかな 216
秋高し【あきたかし】（秋）
井戸茶碗唐津は秋の高きかな 215
秋の暮【あきのくれ】（秋）
松老いて煙のごとし秋の暮 217
一鬼去り一鬼来たれり秋の暮 217
秋晴【あきばれ】（秋）
黄金に焚いて小鮎も秋日和 177
秋晴や茶室をはこぶ沖の舟 215
秋深し【あきふかし】（秋）
椅子に彫る桜の花も秋深く 33
家一つ山深み秋深みかも 34
明易【あけやす】（夏）
明け急ぐテレビの中を水しぶき 56
朝寝【あさね】（春）
佐保姫と朝寝するとは知らざらん 118
人類の肌ひやひやと朝寝かな 118
へうたんにならんと思ふ朝寝かな 119
穴子【あなご】（夏）
焼穴子燻りながら届きけり 22
飴山忌【あめやまき】（春）
酒そそぎ墓薫らせん實の忌 13
その顔のいよいよおぼろ實の忌 13
鮎【あゆ】（夏）
長良川菓子さへ鮎の姿かな 129

蟻地獄【ありじごく】（夏）
この寺の名物にせよ蟻地獄 22
生身魂【いきみたま】（秋）
生きながら仏の餌食生身魂 97
亥の子【いのこ】（冬）
居並びて我を待つらん亥の子餅 37
やや丸き方がお尻か亥の子餅 37
色なき風【いろなきかぜ】（秋）
風のみか象牙の櫛に色もなし 36
団扇【うちわ】（夏）
阿弥陀仏追ひ返さんと団扇かな 23
仏に会はば仏を殺す団扇かな 23
花びらのかるさと思ふ団扇かな 24
いま覚めし夢のなごりの団扇かな 24
山きえて山あらはるる団扇かな 25
鰻【うなぎ】（夏）
涼しさの刃でなぶる鰻かな 129
梅【うめ】（春）
一輪の梅ほころびる音ならん 112
麗か【うららか】（春）
麗らかに霊芝先生羽化登仙 47
絵双六【えすごろく】（新年）
恐るべき神の双六世界地図 75
炎暑【えんしょ】（夏）
くれなゐの口開きたる炎暑かな 92
炎天【えんてん】（夏）
炎天の水谺して大井川 21
炎天の炎の奥に富士はあり 93
炎天の花を揺らして猿遊ぶ 94
マウンドの君に炎天しづかなれ 96
鴛鴦【おしどり】（冬）
ある女鴛鴦の流るるごとくにも 68
落鮎【おちあゆ】（秋）
月の斑のあらはれて鮎落ちにけり 135
鮎落つる道しるべせよ秋の月 135
落葉【おちば】（冬）

合歓の木の眠りはじめし落葉かな　137
鬼やらひ【おにやらい】（冬）
凄まじや鬼が鬼打つ鬼やらひ　77
朧【おぼろ】（春）
揺らしては水の朧を漉きゐたり　114
花みちて今宵の朧すごからむ　161
花みちてあたりまばゆき朧かな　162
全山の花を醸して朧かな　162
汝おぼろ我もおぼろや寝るとせん　163
御神渡【おみわたり】（冬）
闇美はし妻美はしと御神渡る　10
逆茂木の氷の道を御神渡る　11
泳ぎ【およぎ】（夏）
栄冠へ掻きつぐ水の翼かな　57

か行

鳰【かいつぶり】（冬）
空暮れよ湖暮れよ鳰　197
月更けよいつまで遊ぶ鳰　197
外套【がいとう】（冬）
論戦の余燼コートに包みゆく　68
懐炉【かいろ】（冬）
夢のまま夢の眠れる懐炉かな　71
帰り花【かえりばな】（冬）
戦場の我らの星へ返り花　101
柿【かき】（秋）
柿一個炎となりて熟しけり　132
熟したる柿の炎の冷やかな　132
欲望の猿とならばや柿すする　190
陽炎【かげろう】（春）
陽炎と闘ふごとき一生とや　120
風薫る【かぜかおる】（夏）
薫風やヨットを部屋に吹き入れよ　120
風の盆【かぜのぼん】（秋）
夕顔を花笠にせん風の盆　98
黴【かび】（夏）

一塊の黴の栖の木乃伊かな　60
粥柱【かゆばしら】（新年）
国建てんとにはあらねど粥柱　75
枯る【かる】（冬）
枯れ枯れて大いなるかな井戸茶碗　225
枯野【かれの】（冬）
まぼろしの舟走らする枯野かな　139
枯葉【かれは】（冬）
銀どろの枯葉の国に詩や眠る　69
うつ伏して何の嘆きの枯葉かな　103
あふむけて何の怒りの枯葉かな　104
寒卵【かんたまご】（冬）
宇宙より落ちきてしんと寒卵　43
観潮【かんちょう】（春）
しぶきつつ春の渦潮走るなり　17
祇園会【ぎおんえ】（夏）
町ぢゆうを鉾曳き廻す遊びせん　122
千年の夢よりさめて鉾動く　123
須佐之男の乗つて軋ます長刀鉾　123
鉾囃子ひとりしづかにきくもよし　124
声かれて何を嘆くか鉾の鉦　124
たらたらと曳きゆく鉾の祭かな　125
帰省【きせい】（夏）
故郷といふ幻想へ帰省かな　130
衣被【きぬかつぎ】（秋）
雲を出る月さながらや衣被　176
茸【きのこ】（秋）
笠ならべ月の光の茸かな　187
月浴びの笠を目深に茸かな　188
着ぶくれ【きぶくれ】（冬）
着ぶくれて夢買ふ人のごとくなり　43
霧【きり】（秋）
歌ひつつ霧は流れよ霧の中　33
草餅【くさもち】（春）
やはらかな草餅といふ大宇宙　44
鯨【くじら】（冬）

鯨とる舟は西海絵巻かな　220
舟五艘遊ぶがごとく鯨とる　220
銛受けし鯨の波に鯨舟　221
銛受けし母を離れぬ鯨かな　221
打ち上げし鯨さながら登窯　222

蜘蛛【くも】（夏）
女郎蜘蛛何を八つ裂き目が八つ　190

雲の峰【くものみね】（夏）
雲の峰わが若き日の旅つづく　28
逆さまの南半球雲の峰　56

黒鶫【くろつぐみ】（夏）
夜の木に四十五羽の黒鶫　102

原爆の日【げんばくのひ】（秋）
いさかへる神は穢れよ原爆忌　97

紅梅【こうばい】（春）
紅梅やお菓子のやうな卵焼　80

氷餅【こおりもち】（冬）
からからと寒の日和の氷餅かな　76

凍る【こおる】（冬）
聖君のおもかげ氷る鏡かな　34
夢の世に一節氷る茶杓かな　225

蟋蟀【こおろぎ】（秋）
こほろぎや言葉の墓の広辞苑　101

凩【こがらし】（冬）
凩の奏でし琴のかけらかな　36
凩となりてさすらふ渚かな　219
凩の吹き枯らしたる茶碗かな　224
凩に花とひらきて茶碗かな　224

木の実【このみ】（秋）
合歓の木の眠りの種子が莢の中　138
信心の猿の供へし木の実かな　189

小春【こはる】（冬）
舟一つ空を漕ぎゆく小春かな　139

鮴【ごり】（夏）
へりへりて堅田の鮴も仕舞ひかな　196

更衣【ころもがえ】（夏）

衣更へて真白の花のごとく坐す　86

さ行

冴返る【さえかえる】（春）
行く道の冴え返るとも氷るとも　79
左義長【さぎちょう】（新年）
人類の罪ことごとくどんど焚　110
どんど焚ほがらほがらと燃え尽きぬ　111
桜【さくら】（春）
何もかも奪はれてゐる桜かな　114
座布団を立つてみにゆく桜かな　145
口むすぶ少年のかほ桜鮎　150
法螺貝の洞つやつやと桜かな　157
へうたんの口をあふるる桜かな　159
女喰らふ鬼はやさしき桜かな　160
櫻花壇ここにありきと桜かな　165
ぎしぎしと舟漕ぎまはる桜かな　205
淀君の帰るとすねし桜かな　206
桜貝【さくらがい】（春）
打ち寄せて海の嘆きの桜貝　212
桜貝拾ひ尽くしてまた一つ　212
桜貝になりそこねたる女かな　213
桜菓子【さくらがし】（春）
ひとひらの花のかるさの桜菓子　147
桜菓子うすれつつなほ花のいろ　147
白もまたうすれてあはれ桜菓子　148
桜鯛【さくらだい】（春）
玄海の花のはじめや桜鯛　207
桜鯛喉もとに立ち包丁す　207
桜鯛花びらにせん茶漬飯　208
桜餅【さくらもち】（春）
もう一度妻に恋せん桜餅　116
桜餅ほほゑんでゐる紙の上　117
吉野山喰らふがごとく桜餅　148
桜餅櫻花壇を惜しむべく　149
桜紅葉【さくらもみじ】（秋）

花みごと桜紅葉のまたみごと 62
しづかなる桜のいのち紅葉せり 62
皐月【さつき】（夏）
わが上に空ひるがへる五月かな 18
五月鱒【さつきます】（夏）
身半分氷に埋めて天女魚かな 150
身熟れて朱点々と天女魚かな 151
くつたりと花のぬめりの天女魚かな 151
寒し【さむし】（冬）
弾圧者みな顔のなき寒さかな 102
寒々と一億人の弾圧者 103
爽やか【さわやか】（秋）
爽やかに太陽もるる大樹かな 26
サングラス【さんぐらす】（夏）
美女であることを楽しみサングラス 57
時雨【しぐれ】（冬）
明るみてまた暗み降るしぐれかな 70
幻のしぐれを追うてゆくごとく 70
茂【しげり】（夏）
山寺を呑み尽くさんと茂りけり 59
滴り【したたり】（夏）
滴々と水より水の滴れり 90
滴りや一滴きえてまた一滴 91
枝垂桜【しだれざくら】（春）
花の精しだれ桜に隠れけり 155
霜夜【しもよ】（冬）
魂を燻らせ歌ふ霜夜かな 38
春光【しゅんこう】（春）
曼荼羅へ春光の矢の億万本 156
春愁【しゅんしゅう】（春）
春愁は鯨の立てし波ならん 50
春愁の白き怒濤の立ち上がる 211
春昼【しゅんちゅう】（春）
しづかさや春の真昼のシャンデリア 46
春眠【しゅんみん】（春）
春眠の穴より出でてもの食ふも 85

死神が春眠の顔のぞきこむ　119
松露【しょうろ】（春）
松原の道かすかなり松露掻く　210
松原のむなしき砂に松露かな　210
除夜の鐘【じょやのかね】（冬）
明日あるとたのむも愚か除夜の鐘　104
除夜の鐘悲しみの声かるるまで　105
愚かなる一人のための除夜の鐘　105
新酒【しんしゅ】（秋）
薔薇いろに君を染めたき新酒かな　136
鳴り瓢鳴つていよいよ新酒かな　193
新走り灰色の脳茜さす　193
若きらの血潮となれや新走り　194
新茶【しんちゃ】（夏）
人を喰ふ虎の谷より新茶かな　19
新年【しんねん】（新年）
深閑と年を迎ふるばかりなり　141
芒【すすき】（秋）
鳥海の水湧くごとく花すすき　64
鱸【すずき】（秋）
生きながら墨絵のごとく鱸かな　58
馥郁と墨をふくめる鱸かな　59
涼し【すずし】（夏）
涼しさの流れつぐなり大井川　21
千すぢの水を簾にして涼し　25
涼しさや水でもてなす山のそば　61
駅の名を呼べば涼しや郡山　87
菫【すみれ】（春）
草庵の留守を守れるすみれかな　166
相撲【すもう】（秋）
神々も相撲とるらん日本晴　99
節分【せつぶん】（冬）
節分や鬼を殺めし桃太郎　77

た行

大暑【たいしょ】（夏）

山の上に山現るる大暑かな　93
台風【たいふう】（秋）
台風の跡さながらにわが家あり　98
松明あかし【たいまつあかし】（冬）
来てもみよ焦がれてもみよ松明し　69
鯛焼【たいやき】（冬）
次の世は二人でやらん鯛焼屋　140
田植【たうえ】（夏）
水の上に人降り立ちて田植かな　89
降り立ちて真青の空に田植かな　89
降り立ちて磐梯山も田植かな　90
滝【たき】（夏）
山寺の空より瀧を落さばや　60
まぼろしの瀧を尋ねん雲の奥　63
月【つき】（秋）
鳥海山うしろは月の奈落かな　66
俳句いつか月の光の鶴となれ　100
長良川月より流れくるごとく　133
十日月なれども月のはなやかに　133
君たちとこれより満ちてゆく月を　134
この月の月を近江の人々と　173
どこをどう行かうが月の浮御堂　173
湖をゆく月の光の仏たち　174
月光に溺れんばかり舟の人　174
魚清やとなりは月の浮御堂　175
ぬばたまの椀はなやかや秋の月　175
月今宵ほろほろと煮よ子持鮎　178
湖の口こんこんと鳴る月夜かな　179
谷崎が嘆きし月のお寺かな　180
月仰ぐ俗の俗なるお寺かな　180
どら焼の名も石山の秋の月　181
雲中の月あかあかと栗饅頭　181
鶴の間に鶴の遊べる月夜かな　182
信心の山高々と月の中　185
森々と心の奥へ月の道　186
谷の道遠くとも月暗くとも　186

月の谷真逆さまに径つづく　187
月光の瀧に打たるる巨人あり　188
月孤独地球孤独や相照らす　189
遠き夜の月の堅田を思ふのみ　195
月暗き堅田の路地を影法師　195
井戸茶碗こよひは月の凄からん　218
椿【つばき】（春）
鬼の目のころがつてゐる椿かな　115
露【つゆ】（秋）
露の玉揺らぎて光こぼれけり　191
露一つ命ふるはせ露の中　191
うちかぶる露の布団に雑魚寝かな　196
釣忍【つりしのぶ】（夏）
鬱々と空に茂るや吊忍　127
大空の浮島となれ吊忍　128
天人のけふも来たらず吊忍　128
鶴【つる】（冬）
襖より鶴歩み出よ月の庭　182
月光の凝れる白き鶴ならん　183
月光に真白き鶴のうづくまる　183
月光の羽さはさはと鶴歩む　184
かうかうと鶴鳴き交す月夜かな　184
唐辛子【とうがらし】（秋）
朱や赤や緋や紅や唐辛子　67
十日戎【とおかえびす】（新年）
福笹をこぼさじと抱く女かな　8
年越【としこし】（冬）
深々と年を越しゆく思ひあり　38
トマト【とまと】（夏）
太陽の矢の刺さりゐるトマトかな　20
土用【どよう】（夏）
とこしへの命ならねど土用餅　92

な行

薺打つ【なずなうつ】（新年）
殺すなかれ殺さるるなかれ薺打つ　110

夏【なつ】（夏）
回想の夏は木もれ日ばかりかな　26
ランボオの太陽揺れてゐる夏よ　51
網棚にきのふの夏を忘れけり　95
投手立つ輝く夏の真中に　95
夏かがやく君たち戦へは征くな　96
貝がらの一個の夏の美しく　121
一夏で少年となる眩しさよ　121
夏の鹿音楽のごと跳びゆくも　122
夏の蝶【なつのちょう】（夏）
飛びめぐる揚羽は夏の嵐かな　27
鋼鉄の音立てて飛ぶ揚羽かな　27
海鼠【なまこ】（冬）
昏の一つありたる海鼠かな　42
人間になりかけてゐる海鼠かな　42
猫の子【ねこのこ】（春）
モンローの生まれ変はりの子猫かな　84
色深きかほをしてゐる子猫かな　84
寝正月【ねしょうがつ】（新年）
心はや花の吉野に寝正月　8
合歓の花【ねむのはな】（夏）
合歓の夢さめたれば花落ちにけり　63

は行

白木蓮【はくもくれん】（春）
はくれんは哀しみの花みな揺るる　81
はくれんの花の揺るるは夢ならず　82
はくれんの花はみなわが娘かな　82
はくれんの花照りわたる朝日かな　163
はくれんの花のたちまち五衰かな　164
はくれんや花朽ちながら花ざかり　164
蜂【はち】（春）
花はみな歓びの器蜂もぐる　83
初景色【はつげしき】（新年）
国荒れて神さすらへり初山河　109
初空【はつぞら】（新年）

初空やここも未来の爆心地 109
初花【はつはな】（春）
きのふ来てけふ初花の唐津かな 201
初花や妻がひいきの光海君 206
初春【はつはる】（新年）
初春や天の岩戸の岩おこし 7
初夢【はつゆめ】（新年）
初夢やまさか赤子の笑ひ声 41
花【はな】（春）
花に浮く胡蘆子の如くあらんとす 16
咲きみちて真白き花の一樹あり 45
このたびはお供もできず花の杖 47
谷底の花舞ひ上がれ吉野建 145
花の闇仏なれども鬼のかほ 156
母の胸花の声きく赤子かな 157
母の胸赤子は花の莟かな 158
花に酌む鬼一匹やむかう向き 158
へうたんの中は荒海花の酒 159
山の湯の湯気にこもるや花の精 161
忘却の花に埋もれて花の庵 165
たどりきて心の奥に花の庵 166
奥駈けの山のはるかへ花の道 169
城山の花吹き起こせ海の風 201
花烏賊【はないか】（春）
桜烏賊氷のごとく活き造り 208
恨めしき花烏賊の目や活き造り 209
花烏賊の花の命を活き造り 209
花時【はなどき】（春）
花すぎといふさざ波に立ちゐたり 168
花野【はなの】（秋）
追憶の道うすれゆく花野かな 65
夜といふ翼やすらふ花野かな 65
花の塵【はなのちり】（春）
一晩の山の奢りか花の塵 168
花冷【はなびえ】（春）
花冷のひとすぢとほる茶杓かな 14

花びら餅【はなびらもち】（新年）
婚約の二人はやさん花びら餅 9
幸せになれよと一つ花びら餅 9
愚かなる戦ありけり花びら餅 10
花びら餅花びらのごと言葉あれ 41
花びらの力ほどけよ花びら餅 111
花吹雪【はなふぶき】（春）
大根も桜にならひ花吹雪 48
花籠は大空に揺れ花吹雪 81
吉野建船のごとしや花吹雪 146
花吹雪海のごとしや吉野建 146
蒟蒻で生捕りにせん花吹雪 152
饅頭に丸めてみたし花吹雪 152
花吹雪如意輪寺まで一飛び 155
花吹雪花の歓びたえだえに 160
花吹雪一樹ちらしてまた一樹 167
海かけて飛ぶどの島の花吹雪 203
陣中は能や茶の湯や花吹雪 204
花見【はなみ】（春）
花見舟空に浮べん吉野かな 80
花筵【はなむしろ】（春）
若き日の二人つきりの花筵 116
いつかまた二人つきりの花筵 117
花守【はなもり】（春）
花守やこの世焦土と思へども 49
薔薇【ばら】（夏）
火の薔薇の莟の剣立ち並ぶ 52
惜しみなく薔薇は体を開きけり 52
ひらきつつ花に溺れてゆく薔薇よ 53
ひらきつつ薔薇は心を隠しけり 53
咲ききつて薔薇は光に隠れけり 54
しんかんと薔薇はひらきて草の中 54
白薔薇にまた巡りくる夕べかな 55
真白な羽をたたみて薔薇眠る 55
春【はる】（春）
まつしろな春のかたまり兎の子 115

春空にまぼろしの城あるごとく　202
磊々と春が崩れてゐるところ　203
よべ春の歩み去りたる渚かな　213
黒々と春を焚きたるよべのあと　214
打ち揚げて貝殻も木も春の骨　214
春風【はるかぜ】（春）
春風とたたかふ白きヨットあり　50
春の暮【はるのくれ】（春）
へうたんの中へ帰らん春の暮　85
春の水【はるのみず】（春）
国原をいま白山の春の水　12
春の雪【はるのゆき】（春）
白山といふ一塊の春の雪　11
春の炉【はるのろ】（春）
人類に今宵は欲しき春炉かな　79
万緑【ばんりょく】（夏）
万緑の奥へ奥へと万華鏡　88
万緑や風に大揺れ白き花　88
柊挿す【ひいらぎさす】（冬）
けだものの貌の鰯を挿しにけり　76
蟇【ひきがえる】（夏）
花と花吸ひあふごとく蟇交む　83
雛祭【ひなまつり】（春）
吉野雛桜の肌を残しけり　153
忘れじと誰が刻みしか吉野雛　154
拙くも誰が面影か吉野雛　154
屏風【びょうぶ】（冬）
聖君のうた寝したる屏風かな　35
昼寝【ひるね】（夏）
火だるまの馬落ちてくる昼寝覚　94
昼寝して人間といふ大自然　125
龍となることもなからん昼寝かな　126
草色の昼寝より覚め人歩む　126
真白の花の中から昼寝覚　127
瓢【ふくべ】（秋）
月待つや湖こよひ鳴り瓢　179

葡萄【ぶどう】（秋）
木もれ日のみな房となる葡萄かな 131
切りてより葡萄に重み生まれけり 131
冬【ふゆ】（冬）
松林を出で松林へ冬の人 218
流木となり帰りきし冬の浜 219
冬木立【ふゆこだち】（冬）
眠りゐてどれが合歓やら冬木立 138
冬籠【ふゆごもり】（冬）
東京は幻の街冬ごもり 67
へうたんが終の栖か冬ごもり 140
アラン島怒濤の奥に冬ごもり 141
井戸茶碗わが友にせん冬ごもり 223
蓬萊【ほうらい】（新年）
蓬萊や子松孫松曾孫松 7
牡丹【ぼたん】（夏）
ヴァレリーは白き牡丹の花ならむ 18
花であることに飽いたる牡丹かな 19

ま行

松茸【まつたけ】（秋）
松茸の大往生や土瓶蒸 99
水温む【みずぬるむ】（春）
はるかより川流れきて水温む 16
大鯉の泳ぎまはりて水ぬるむ 44
水羊羹【みずようかん】（夏）
わが家いま深閑たるや水羊羹 87
水無月【みなづき】（夏）
三角に力ありけり水無月餅 20
虫干【むしぼし】（夏）
木乃伊らも虫干にせよ山の寺 61
名月【めいげつ】（秋）
望月のやうな横綱出でよかし 100
望月を姿煮にせんけふの膳 134
鯉食うて望の月まつ女かな 177
湖の瀦りつきなりけふの月 178

望月は己が光の中にあり　185
望月のやや欠けたるを許されよ　192
いささかの憂ひはあれど望の月　192
目刺【めざし】（春）
香ばしく焼いて爆けし目刺かな　78
眼白【めじろ】（夏）
花の蜜嘴につけ目白飛ぶ　46
紅葉【もみじ】（秋）
一夜明け鳥海山は紅葉変　66
桃【もも】（秋）
白桃にしんと真昼の山河あり　29
白桃やここに一睡許されよ　30
白桃の金を含める白さかな　30
白桃は月の光の果実かな　31
触れあうて真赤に燃ゆる桃二つ　31
ロココの桃バロックの葡萄つゆけしや　32
空色の木箱に桃と浮雲と　32

や行

柳【やなぎ】（春）
いつかまた昼寝をしたき柳かな　14
石は立ち水は寝そべる柳かな　15
青みつつ夢をみてゐる柳かな　15
山桜【やまざくら】（春）
山桜小枝削りて吉野雛　153
山眠る【やまねむる】（冬）
しづかさに音聞き山も眠りけり　71
窯はいま炎の蓮華山眠る　222
火の奥に茶碗の揺れて山眠る　223
夕焼【ゆうやけ】（夏）
わが旅のこれより先は大夕焼　130
浴衣【ゆかた】（夏）
人間は水よりなれる浴衣かな　91
雪解【ゆきげ】（春）
石山の石鳴りひびく雪の水　12

雪の田の解けては氷る日和かな 112
大簗を轟かせゐる雪解かな 113
雪代山女【ゆきしろやまめ】（春）
横たへて雪代岩魚大茜 113
行く春【ゆくはる】（春）
行く春や海暮るるまで人と馬 51
春や行く山道に花降りつもれ 169
行く春のわれも渚の鴉かな 211
夜寒【よさむ】（秋）
心また堅田に戻る夜寒かな 194
夜長【よなが】（秋）
長き夜の本の中より帰りけり 137

ら行

落花【らっか】（春）
花びらや選者を埋むる八千句 17
衣ずれは花びらさやぐ音ならん 45
花びらに乗り空を舞ふ仏たち 48
永き日や花びらの上に結跏趺坐 49
花の心ここにはあらず散りいそぐ 167
花一片まぼろしの城のぼりゆく 202
花びらの縁ゆるやかに茶碗かな 204
花びらや戦のまへの舞一さし 205
立夏【りっか】（夏）
大岡信その人のなき夏が来る 86
立秋【りっしゅう】（秋）
秋立つや藍におぼるる浅間山 28
立春【りっしゅん】（春）
春立つや早く出てこい赤ん坊 78

わ行

若鮎【わかあゆ】（春）
花びらをしるべに上る小鮎かな 149

著者略歴

長谷川櫂（はせがわ・かい）

一九五四年、熊本県生まれ。俳人。朝日俳壇選者、ネット歳時記「きごさい」代表、俳句結社「古志」前主宰。インターネット・サイトで「ネット投句」「うたたね歌仙」を主宰。読売新聞に詩歌コラム「四季」を連載中。『俳句の宇宙』でサントリー学芸賞、句集『虚空』で読売文学賞を受賞。

句集『柏餅』『吉野』『沖縄』『震災歌集　震災句集』などのほか、『古池に蛙は飛びこんだか』『１００分de名著ブックス　おくのほそ道』『芭蕉の風雅　あるいは虚と実について』『一億人の俳句入門』『俳句的生活』『和の思想』『新しい一茶』（池澤夏樹個人編集『日本文学全集』第12巻所収）『俳句の誕生』『文学部で読む日本国憲法』などの著書がある。

句集 九月

初版発行日 二〇一八年七月二十四日
著 者 長谷川 櫂
定 価 一八〇〇円
発行者 永田 淳
発行所 青磁社
京都市北区上賀茂豊田町四〇—一(〒六〇三—八〇四五)
電話 〇七五—七〇五—二八三八
振替 〇〇九四〇—二—一二四二二四
http://www3.osk.3web.ne.jp/~seijisya/

装 幀 加藤恒彦
印刷・製本 創栄図書印刷

ISBN978-4-86198-412-9 C0092 ¥1800E